KB096386

우 산 이   없 어 도

좋 았 다

우산이 없어도
좋았다

서홍관 시집

창비

차
례

--- ---

제 1 부

--- ---

제 2 부

제 3 부

제 4 부

제 5 부

제 1 부

물짜

아버지는 토마토를 사도 꼭
물러터진 것이나
말라비틀어진 것들을 사 오셨다.

물짜를 사 왔다고
어머니가 한마디 하시면

"그 리아카는 아무도 안 사드라.
그리서 물건 갈아주니라고 그렸어어."

솜다리꽃

초등학교 6학년 때 「사운드 오브 뮤직」이라는 영화가 들
어오더니
「에델바이스」라는 노래가 우리나라에 퍼졌고
나도 누나에게 배워 영어로 따라 불렀다.
에델바이스 에델바이스 에브리 모닝 유 그리트 미
오스트리아 나라꽃이라고 했다.

한참 지난 뒤에야 그게 우리나라에도 있는데
솜다리꽃이라는 예쁜 이름이라 했다.
설악산에서는 말린 꽃을 기념품 가게에서 팔았다.

몽골에 갔다가 솜다리꽃을 보았다.
들판에 숱하게 깔려 있었다.
거기서는 나라꽃도 아니고 기념품도 아니었다.
말들이 짓밟다가 뜯어 먹는 간식거리였다.
그렇게 살아서 안 될 것도 없었다.

랑탕 계곡에서 생긴 일

히말라야의 아침을 맞아
동네를 돌아다니며 사진을 찍는데
돌로 담을 쌓던 아주머니가 나를 부른다.

"어디서 왔소?"
"한국이오."
"아 그렇다면 우리 아들이 한국에서 돈 벌고 있는데
갸가 보낸 돈으로 집을 이렇게 짓고 있다고
사진을 보여줄 수 있겠소?"
"아 그러다마다요."

집을 짓는 여인네와 집터를 잘 찍고
아예 가족사진을 찍어주겠다고 했더니
여동생은 물까지 묻혀서 머리를 다시 빗었다.

인천공항에 내리자마자 제일 먼저
라줄 라마에게 전화를 걸었는데
"이 전화번호는 결번이오니

다시 확인하고 걸어주시기 바랍니다."

하인들

고대 에페수스에서는
돌로 된 변기가 차가우실까봐
하인들이 변기를 따뜻하게 해놓으면
주인님이 볼일을 보셨다.

오늘날 재벌회사 임원들은
회장님께 자기 이름 빌려주어
차명계좌 비자금으로 온갖 비리를 저지르게 해주고
말썽이 생기면 대신 감옥까지 가준다.

나에게 피를 다오

이노센트 8세는 죽어가면서
피를 마셨다.
열 살 소년 세 명의 피를.

1두카트*씩 받기로 했던
아이들은 피를 뽑히다
하나씩 죽어갔다.

천국에 가는 날을 늦추려던 교황도
입가에 피를 묻히고 죽었다.
1492년 7월 25일의 일이었다.

앗 참, 이노센트는
'죄 없이 결백하다'는 뜻이라지.

* 유럽에서 사용되던 화폐 단위. 1두카트의 당시 가치는 대략 1만
  원 정도였다.

옥수수 식빵

홍현식은 순하고 가난하여
늘 기죽어 살던 초등학교 친구.

미국에서 배급하던 옥수수 식빵을
매일 타다가 나눠주는 일을 맡았는데
빵이 너무 작다느니, 너무 탔다느니 하면서
힘센 애들이 많이들 괴롭혔지.

현식이 국어책을 우연히 보는데
책 뒤표지에 연필로 꾹꾹 눌러쓴 글씨로
'억울하면 출세하라'

억울한 일은 없었는지
출세는 했는지
사십년이 다 가도록 소식조차 없는 친구.

앙코르와트 소녀

"오빠 미남이다. 한개 일 달러."
"언니 예쁘다. 한개 일 달러."

바욘 사원을 돌아보다가 만난
캄보디아의 예닐곱살 된 소녀들은
손에 대나무 팔찌들을 들고 다니며
물건을 판다.

우리말 몇마디 가르쳐서
아이들을 앵벌이 보낸 어른들은
미소 띤 바욘의 부처 뒤 나무 그늘에서
웃통을 벗은 채 담배를 빨고 있고.

화장터

'주민 의사 무시하는 청계산 화장터 결사반대'

결사반대는 죽기를 각오하고 반대한다는 뜻인데
화장터 반대하다가 정말 죽으면
어디서 화장하지?

결사 함부로 쓰는 것
결사적으로 반대

희망 찾기

희망약국

희망세탁소

희망빌라

희망교회

희망부동산

희망용달

희망요양원

희망복지원

희망어린이집

희망고시텔

희망설비

희망인력

희망은 흔했지만

희망은 쉽게 오지 않았다

네팔 소녀 돌마

랑탕 계곡 대나무여인숙에서
빨래도 하고 불도 지피고
쓰레기도 버리고
온갖 허드렛일을 하는 돌마는 열살.

도시로 나가 초등학교에 입학할 학비를 벌기 위해
돈을 모으는 중이다.

우리 일행이 세면대로 몰려가서 씻을 때
자기네 비누를 쓸까봐
슬그머니 옆으로 빼놓기도 했다.
장사도 잘해서 야크털 목도리도 세개나 팔았다.

우리 일행은 장작불을 피우면서
휘황하게 밝은 은하수를 경탄하며 바라보는데
고단한 몸을 녹이며
우리 곁에서 슬근슬근 졸기도 한다.

다음 날 우리 일행이 먹은 맥주 박스를 치우는
돌마에게 볼펜 일곱자루를 주면서
다음에는 학교에서 만나고 싶다고 말하며
같이 사진을 찍었다.

시가 밥이 되던 날

안도현 시인이 보내준 시집 『바닷가 우체국』을 들고
이재무 시인이 식당으로 갔는데
식당 아주머니가 안도현 시인 팬이라고 반색하길래
시인이 직접 사인해서 부쳐준 시집이라고 자랑했더니
그 시집 주면 밥도 주고 술도 준다고 해서
까짓것 가져가쇼 하고
밥도 먹고 술도 푸고 한끼 잘 해결했다는 이야기.

그러나 안도현 시인은 아직도
자기 시가 밥과 술이 된 사연을 모르고 있다는 이야기.

만줄라

스무살 된 만줄라는 불가촉천민.
인도 라자스탄
우유 공장에서 일했는데

동네 사람들이
신성한 우유를 오염시켰다고
등유를 끼얹고 불을 질러 살해했다.

살인자들은 기소도 당하지 않았다.

나는 살고 싶은데
세월호 희생자 김동협 군의 목소리

나 무섭다. 진짜 나 어떡하냐. 아 나 살고 싶어, 나 구명조끼 입었어요……

거의 지금 60도 기울어진 거죠?

내가 왜 수학여행을 와서…… 나는 꿈이 있는데…… 나는 살고 싶은데…… 내가 진짜 이 썅. 진짜 이거 욕도 나오고…… 나 울 거 같은데…… 나 진짜 웁니다. 아 씨발 개무섭습니다……

이거 어떻게 합니까 내가.

해경이 오고 어선이 오고 있답니다.

나 살고 싶습니다.

진짜 무섭고…… 나는 살고 싶습니다.

나는 진짜 하고 싶은 게 많은데…… 아, 나 무서워요…… 나 진짜 울 거 같아요……

나 살고 싶습니다. 네. 하느님 죄송합니다.

네 지금 전기가 끊겼고요…… 해경이 거의 다 왔다고 하는데…… 나 살고 싶어요.

지금 여자친구도 없는데 내가 진짜 한명 사귀어놓을걸……
나 진짜 눈물 찔끔 나왔거든요.

네. 이게 마지막 영상입니다. 지금 기울기가 점점 더 기울
고 있고요. 지금 보이시죠, 갑자기 70도 정도로 기울었고요.
나 진짜 어떻게 될지 모르겠습니다. 이 배를 고발하겠습니다.

해경 온답니다. 나 살고 싶어요. 살고 싶어요. 네. 지금 여
기 영상에 많은 것을 남깁니다. 관령아 너 참 좋은 친구였
고…… 남길이랑은 마지막으로 논 게 참 좋네요…… 할머니
아빠 사랑하고, 형 마지막으로 보고 싶었는데 형 못 보고 가
네요. 그리고 한결이 형 군대 갔는데 왜 이렇게…… 형이 나
의 행운의 고향이었나봐…… 잠깐만요…… 악……

슬픈 노래를 듣는 사람들

겨울비 내리는 날, 슬픈 노래를 모아놓은
동영상을 보게 되었는데 댓글이 천개가 넘었다

내가 너무 추하다.
누군가 나보다 시험을 못 보길 바라고
남들이 내 위에 있으면 불안하고
나보다 잘하는 친구가 실수를 하면 좋고.

죽기엔 가족 생각
살기엔 너무 두려운 이 세상……

지금은 곁에 없는
너무나도 보고 싶은 엄마
사랑해요.

가족 없다 친구 없다 돈 없다
나한테는 뭐가 있지?

그냥 길 가는 모르는 사람에게라도
"괜찮아? 많이 힘들었지?"라고…… 듣고 싶다.
그 순간 눈물바다가 될 것 같아.

진짜 슬픈 사람은
댓글을 달지 않고 말없이 울고 있겠죠.

낮과 밤에 확 달라지는 내 모습이 싫다.
낮에는 밝은 척해도
밤이 되면 남몰래 이불 덮고 눈물을 흘리는 내가…… 너
무 싫다.

나 진짜 열씨미 했는데
다시 어린애가 되고 싶다……

나만 없었으면 행복했을 가정에 태어나서 죄송합니다.

제 2 부

의사는 참 내앵정하데

조태일 시인이 간암에 걸리셨다고 해서 문병 갔는데
말기라 병원에서 수술도 못 한다고 하니
이를 어쩌나.

민간요법에 대해 계속 물어보시길래
"근거 없고 효과 없는 치료를 하면
돈 버리고 몸 버리고 고생만 하지요."
나름 조심하면서 대답한 것 같았는데……

뒤에 누가 찾아갔더니
"서홍관이 왔다 갔는데, 의사는 참 내앵정하데."
이렇게 내앵, 정을 힘을 주어 발음하셨다는 것이다.

의사의 업적 1

병원 재무회계팀에서는 내일까지 연말정산을 하라고 재촉합니다.

인사관리팀에서는 지난 일년간 쓴 논문 제목을 입력하라고 그 논문으로 의학 잡지별 임팩트 팩터 점수로 시상을 하겠다고 기한까지 입력하지 않으면 업적에 들어가지 않는다고 엄포를 놓습니다.

교육훈련팀은 지원받은 컴퓨터는 병원 자산이니 반납하라고 연락이 왔습니다.

나는 이렇게 매우 잘 관리되고 있습니다.

그러나 병원은 바보입니다. 내가 오늘 환자와 나눈 이야기는 모릅니다.

마흔두살의 그 남자는 목에 걸린 것 같은 느낌이 있어서 목을 계속 컹컹거린다고 찾아왔습니다. 담배를 피우고 있다길래 담배 먼저 끊으라고 말했습니다. 흡연에 대해서 가족이 뭐라고 하느냐 물으니 중2인 딸 서연이는 담배 피우면 근처에도 오지 말라고 하고, 술 마시면 회사에서 자고 오라고 한답니다. 아내는 뭐라고 하느냐 물으니 "싫어하지요" 하며

31

말을 흐립니다. 이후 실시한 내시경과 목 검사 결과는 모두 정상이었습니다. 두번째 진료하면서 검사 결과는 정상인데 도 목에 걸린 느낌을 갖는 경우 스트레스가 원인이 될 수 있 다고 설명하면서 스트레스가 없는가 물었더니, 그제야 사실 은 이혼하고 혼자 산다고 말합니다. 텅 빈 집 문을 혼자 열고 들어갈 때 힘들고, 집에서 말할 사람도 없어서 혼자 중얼거 려야 하는 게 힘들다고 합니다. 그때는 담배 피우는 것 말고 는 할 수 있는 게 없다고 말합니다. 무슨 이유인지 친구들도 점점 멀어지는 기분이라고 합니다. 적막한 게 싫어서 텔레 비전을 안 봐도 계속 틀어놓는답니다.

당신이 사는 목적이 무엇이냐고 물어보니 "서연이……" 라고 말하다가 갑자기 말을 잇지 못합니다. 나는 잠시 기다 려줍니다. 서연이한테 뭘 해주고 싶어요? 하고 물으니 "하 고 싶은 것 다 하도록 밀어주고 싶어요" 하다가 눈시울을 붉 히고 맙니다.

우리가 진료실에서 비밀스럽게 나누었던 이야기는 어느 의학 교과서에도 쓰여 있지 않은 말입니다. 더구나 건강보 험공단에서 진료비 산정할 때도 반영되지 않는 것이고, 국립암센터 의사 업적평가에도 전혀 들어가지 않는 것입니다.

의사의 업적 2

박순자 씨는 일흔네살인데, 고혈압과 고지혈증이 있어 두 달에 한번씩 병원에 옵니다. 어느날 요즘 어떻게 지내세요 하고 물었더니 뜬금없이 아들 이야기를 꺼냅니다. 아들이 자꾸 돈에만 욕심을 내는 통에 속상하다고 합니다. 사업하고 싶다고 돈을 달라고 해서 싫다고 하면 대드니 아들에 대해 배신감이 생긴다고 합니다. 그래서 화가 나서 벤츠를 몰고 나가 '이 재산을 다 쓰고 죽어야지' 하면서 일부러 비싼 밥도 먹고 다닌답니다.

한두해가 지난 뒤 어느날 아들과의 비밀스러운 사연을 고백합니다. 사실은 제가 젊을 때 이혼하면서 그 애를 시댁에 맡겼어요. 그래서 제가 키우지 못했어요. 제가 나중에 재혼했는데 영감이 큰 재산을 남기고 갔어요. 아이에게 미안하기도 하고 잘해주고 싶어서 아들을 찾았더니, 제가 재산이 있는 것을 알고 자꾸 재산 욕심만 내네요. 제가 유방암 수술을 받는데 전신마취를 한다니 못 깨어날지도 몰라서 3억이 있는 통장을 애한테 맡기고 수술실에 들어갔어요. 나중에 수술 끝나고 통장 달라고 하니까 자기가 찾아 썼다는 거예요. 이게 어디서 배운 버릇이에요. 나는 애고…… 힘드셨겠

네요 하고 위로를 해드립니다.

박순자 씨는 갑자기 눈물을 글썽거리며 "아이고, 제가 이런 말을 어디서 하겠어요. 선생님한테나 하지. 이제 이런 말하고 나니 조금 시원해요." 그렇게 말하면서 툴툴 털고 일어났습니다.

한번은 혈압과 고지혈증이 잘 조절되니 이제 약을 넉달분씩 처방하겠다고 했더니 싫다고 하더군요. "저는 이렇게 선생님 만나는 것이 좋아요. 그냥 원래대로 두달분씩 지어주세요." 우리는 일년에 여섯번을 만납니다. 건강보험공단에서도, 박순자 씨와 내가 불필요하게 자주 만나는 사연을 눈치채지 못하고 있답니다.

의사의 업적 3

최정례 씨는 예순두살인데 명치끝이 갑갑하다고 찾아왔습니다. 이미 건강검진을 최근에 받은 상태라 위장약만 처방하고 관찰하기로 했습니다. 환자가 막 나가려는 찰나 한마디 물어보았습니다. "요즘 무슨 고민거리가 있어요?" 그녀는 나가려다 말고 주저앉으면서 남편이 육년째 사지마비로 집에서 와병 중이라고 대답합니다.

남편은 정신이 말짱하고 말도 할 수 있는데 사지마비 상태라서 모든 수발을 해줘야 한답니다. 텔레비전을 종일 보는데 리모컨 조작도 못 해서 일일이 채널을 바꿔줘야 하고요. 집안일이 바빠서 돌아다녀야 하는데 자기를 부르고 늦게 나타나면 화를 낸다는 것이었습니다. 그렇게 육년째가 되니 자기도 병이 난다는 것이지요.

간병인을 써야지 어떻게 그렇게 지내느냐고 물었더니 간병인도 여러번 써봤는데 남편이 맘에 들지 않는다고 못 오게 해서 혼자 간병을 해야 한답니다. 답답하기로 당사자만 한 사람이야 없겠지만 부인도 사람 사는 꼴이 아니라는 말에 백번 공감이 갔습니다. 더구나 장보기도 해야 하고 밖에 나가야 하는데 조금이라도 늦으면 왜 늦었느냐고 따져 물으

36

니 완전한 감옥살이랍니다. 친구들도 만나기 힘들고 살아가는 데 아무런 낙이 없다고 하소연을 했습니다. 나도 뾰족한 수가 없어 "네, 네. 정말 힘드시겠네요……" 이런 소리만 하고 있었지요.

막 진료실을 떠나려던 그녀가 일어나다 말고 의자를 당겨 앉으며 은밀하게 목소리를 낮추어 물어봅니다. "그런데…… 선생니임, 이런 경우에…… 몇년이나 생존할 수 있어요?"

의사의 업적 4

곽선영 씨는 쉰다섯살 여자였는데, 흔히 말하는 '신경성'으로 생기는 증상이 다 있었습니다. 소화 안 되고 피로하고 변비가 있고 자주 두통과 근육통에 시달리고 있었지요. 이쯤 되면 의사들은 대개 감을 잡습니다. 한번 말을 시작하면 쉬지 않고 한참씩 털어놓지요.

저는 집안일에 걱정이 많은데 남편은 무사태평한 성격이라서 더 화가 나요. 아들은 대학 졸업하고 취직이 안 되니 억지로 대학원에 넣었는데 공부에 큰 관심이 있는 것 같지도 않고, 꿈이 없다고 하니 답답해요. 딸은 서른세살인데 시집도 안 가고 있으니 걱정이 태산이고요. 우리 딸이 내가 볼 때는 다른 집 딸보다 부족할 것도 없는데 왜 결혼을 못 하는지 가슴이 막히고요. 친구나 친척들한테서 청첩장이 날아오면 부럽다기보다 화가 치밀어 오르지요. 사회생활 하다보면 친척이나 친구 자녀 결혼식에 안 갈 수도 없는데 갔다 오면 며칠은 속이 상해요.

제가요……(목소리를 낮추며) 딸이 대학 다닐 때는 혹시라도 사고 칠까봐 밤늦게 다니지 말라고 신신당부하고 딸을 챙겼어요. 남자들에게 전화 오면 누구냐고 꼬치꼬치 묻고,

좀 이상하다 싶으면 그 선배 그만 만나라고 하기도 하고. 그때 너무 심하게 챙겨서 딸이 남자친구도 없는 게 아닌지 그런 후회까지 생겨요. 예전에는 딸이 사고 칠까 두려웠는데 이제는 어디서 사고라도 쳐서 애라도 낳아 왔으면 좋겠다는 생각이 들기도 해요. 젊은 새색시들이 아기를 데리고 있으면 예쁘고 부러워요.

이분은 마음에 울화가 가득한 화병이 있는 분입니다. 정기적으로 병원에 오지는 않지만 뜬금없이 나타나 십몇분씩 울분을 털어놓고 약 처방을 받고 사라집니다. 몇달마다 우리는 다시 만나 요즘 어떻게 지내세요? 하고 인사를 나눌 겁니다. 그다음 차례로 기다리는 환자는 운이 나쁘다고 봐야겠지요.

의사의 업적 5

서른여덟살 노주희 씨는 배에 항상 가스가 차서 빵빵하다고 찾아왔어요. 위내시경 결과는 정상이었고, 간기능에 이상이 있는데 비만 때문에 지방간이 생긴 것 같았지요. 나는 채식 위주로 식사하고 운동을 열심히 하라고 권했지요.

그랬더니 너무 바빠 아파도 병원에 올 시간도 없다고 하소연합니다. 부부가 공장에서 거위털옷을 만들어 동대문 시장에 납품하는데, 운동이고 뭐고 할 시간이 없다고 합니다. 바쁘다보니 마흔이 가까운데 아직 아이 낳을 엄두도 못 내고 있다고 한탄합니다. 직원들은 여섯시에 퇴근하는데 사장 부부는 밤 열한시나 새벽까지 일한다고 말하다가 눈물까지 글썽입니다.

배에 가스 차는 것은 대개 스트레스가 원인이라고 말해주었더니, 지금이 11월인데 날씨가 이렇게 따뜻하니 옷이 나가지 않아 재고가 쌓여 창고가 터질 지경이랍니다. 할 수 없이 우리는 지구온난화를 탓하게 되었습니다. 나는 기회를 보아 조심스레, 너무 늦기 전에 아이는 낳아야 하지 않느냐고 말을 건넸더니…… 맞아요, 맞아요…… 노후에 자녀가 없으면 쓸쓸해서 안 된다고 아이 낳을 것도 생각해보기로 의견을 모았습니다. 운동에서 기후변화에서 노후와 자녀출산 문제까지 중요한 화제가 너무 많아 이십분 넘게 이야기 나눴지만, 진찰비 말고는 청구할 것이 아무것도 없습니다.

의사의 업적 6

백남기 농민이 경찰의 물대포에 맞아 쓰러져, 두개골 파열과 뇌 경막하출혈로 진단되었고, 316일 동안 서울대병원의 중환자실 치료를 받고 사망했습니다. 백선하 교수는 신장기능 이상으로 사망했다고 사인을 병사라고 썼지요. 경찰의 살인 행위를 감추려고 했을까요? 나는 경향신문에, 경찰은 시위하는 국민을 살해해도 되는지 의사는 사망진단서를 왜곡해서 써도 되는지 정의로운 의사의 길이 무엇인지를 묻는 칼럼을 썼습니다.

며칠 뒤 사십대 남자 환자가 진료를 받고는, 선생님 신문에 쓰신 글 읽었어요. 그런데요 선생님, 다음에 제가 올 때도 선생님이 여기 계실까요? 박근혜 정부가 국립암센터 의사를 가만두지 않을까 걱정하는 것이었습니다. 나는 그분을 지그시 바라보며 말했습니다. 나도 그렇게 간단하지 않아요. 나도 맷집이 있어요. 다음에도 나를 볼 수 있을 겁니다.

환자들이 나를 걱정해주는 일은 이따금씩 벌어집니다. 운동 열심히 하라는 내 말을 들은 환자가 나에게 선생님도 건강하세요, 말합니다. 나는 네, 저도 만보씩 걸을게요, 대답합니다.

한번은 육십 넘은 여자 환자가 내가 진료하다가 믹스커피 마시는 것을 보더니 선생님, 그것 건강에 안 좋아요. 마시지 마세요, 합니다. 나는 허를 찔린 기분입니다. 속으로 이것 누가 의사인지 모르겠네 하면서 네 알겠습니다 하고 공손하게 대답합니다. 그다음부터 그 환자분이 지켜볼까 여간 신경이 쓰이는 게 아닙니다.

메시지로 남겨주세요

고등학교 때 친구 박영근 시인의 삶에 대해서
경인방송과 인터뷰를 했는데 다음 날 모르는 번호로 전화
가 걸려 왔다.

— 저 방송 듣고 펑펑 울었습니다.
— 아, 네. 그러셨군요.
— 박영근 시인이 노동자들의 이야기를 시로 썼는데 나
중에 밥도 잘 안 먹고 술만 마시다가 결핵에 걸려 죽었다는
이야기 들으니 슬펐습니다.
— 박영근 시인의 시를 읽어보신 적이 있었나요?
— 제가 나이가 일흔여덟이고 정읍이 고향인데, 낮에는
국군, 밤에는 빨치산 하는 동네에 살았습니다. 주변 산에 불
발탄이 많았는데 잘못 만지다가 터져서 어릴 때 눈이 멀었
어요. 갈 곳이 없어서 신학대에 갔다가 목사로 지냈고 지금
은 은퇴했습니다. 시집이 점자로 나와 있지 않아서 읽지는
못했어요.
— 아 그러셨군요. 저희들이 박영근 시인에 대해서 행사
를 할 때 연락드릴게요. 그때 한번 오시겠어요?

─기회 되는 대로 만나서 이야기도 나누고 싶습니다.

─그럼 저에게 연락처를 메시지로 남겨주세요.

─제가 앞을 못 봐서 그런 걸 못 해요.

─아아…… 네……

부치지 못한 편지

골육종에 걸릴 확률은 십만분의 일인데
복권에는 그렇게 당첨이 안 되더니
어떻게 이런 희귀질환에 걸렸는지 모르겠다고
너스레를 떨던 너.

항암제 아드리아마이신이 마치
어느 오페라 여주인공 이름 같지 않느냐고
짐짓 딴전을 피우기도 하고
빨간색 병에 담긴 게 여간 예쁘지 않다고 말하기도 했지만

항암제 주사 부작용 때문에
빨간색만 봐도 구역질이 나서
사실은 토마토주스도 못 마신다고 고백했다.

문학소년이던 너는
투병문학상에 당선되어
심사위원장인 박완서 선생님을 만나 뵙고
뛸 듯이 기뻐하며 책에 사인까지 받았는데

몇달 뒤

상인이가 세상 떠났다고 통곡하는

엄마의 편지가 왔고

나는 편지 첫줄부터 막혀 답장을 보내지 못했다.

장기이식 윤리위원회

어느 대학병원에서 신장이식수술을 위해
신장 기증에 대한 윤리심사를 하게 되었다.
택시 회사 사장이 신장을 기증받게 되어 있는데
기증자가 그 회사 택시기사라는 것을 알고
정유석 교수는 순수한 기증이라 보기 어렵다고 승인을 거
절했다.

수술을 못 하게 된 외과교수가
병원장에게 불평을 털어놓았고 병원장이 화가 나서 전화
했다.
지금 병원이 적자인데 당신 때문에 수술도 못 하고 있다고
뭘 그렇게 까다롭게 구느냐고.
정유석 교수는 조용히 병원 윤리위원 사표를 제출했다.

신장이식수술은 어떻게 되었냐고요?
설마 아직도 모르시진 않겠지요?

'죽을 사(死)'자

예전 병원에는 4층이 없고
3층 다음에 5층으로 건너뛰거나
4층을 영어로 F층이라고 쓴 병원도 있었대.
4자가 '죽을 사(死)'자래나 뭐래나.

어느해부터
엘리베이터에 4층이라 쓴 병원이 등장했어.

4층에 입원한다고 해서
죽는 것은 아니라는 것을 받아들이는 데
오랜 세월이 걸렸대.

물어야 할 질문

호남고속터미널
화장실 벽에
신장 팝니다
010-×△○-×○△×

누가 팔까?
누가 살까?

또다른 독립운동

팔레스타인 의사 카이자란은
이스라엘 교도소에 수감된
팔레스타인 수감자들의 정액을 교도관 몰래 빼내
그들의 아내 다섯명을 체외수정으로 임신시켰다.

서른여덟살 여성 리마 실라위는
이스라엘 교도소에는
각종 반정부 시위로 팔레스타인 사람들이 갇혀 있고
여성들은 늙어가니
이렇게라도 임신을 해서 우리 핏줄을 이어가야 한다고
임신한 배를 보여준다.

이세용

내 친구 이세용 장로는 한센병 환자.

열아홉살에 피부병이 생겨서 병원에 갔다가
'문둥병'에 걸렸다는 말을 들었다.
어머니는 "차라리 죽는 게 낫겠다"고 하셨다.
다른 가족들에게 옮길까봐 소록도로 내려갔다.

젊은 날을 한숨과 절망으로 보냈다.
건너편 보이는 섬이
건널 수 없는 먼 희망이었다.

한센병 환자가 죽으면 화장해서 묻었는데
화장터 일을 하면서
미래의 자기 모습을 상상하게 되었고
소록도 바닷가를 혼자 걷는 버릇이 생겼다.

운명은 놀라워서
소록도병원 간호사와 사랑에 빠져

결혼해서 섬을 빠져나왔고
예쁜 딸도 낳았다.

어느날, 딸과 함께 소록도를 찾아갔다.
외롭고 슬플 때 걷던
바닷가 오솔길을 보여주면서
아빠가 죽으면
이곳에 묻어달라고 말했다.

딸은 아빠가 가르쳐주었던 그곳을 기억할 수 없었다.
아빠가 돌아가시면 그곳에 묻어드려야 하는데
유언을 못 지켜드리면 어쩌나?
딸은 아직도 걱정이다.

생활지도 교사의 걱정거리

몰래 담배 피우는 학생들을 잡아들여서
한마디 했다.

"늬들 담배가 얼마나 해로운데 담배를 피워?"
일초도 안 되어 반격이 날아왔다.
"선생님도 피우시잖아요?"

얼굴이 시뻘게진 선생님, 홧김에 내뱉었다.
"그래. 나도 안 필 테니까 늬들도 끊어."

막상 끊으려 하니
쉬는 시간마다 담배 생각이 간절했다.

학생들한테 들킬세라
차를 몰고 나가
학교 주변 골목을 돌면서
차 안에서 한대씩 피운다.

그만의 방식

담배 삼십년 피우다가
다리 혈관이 막히는 버거병에 걸려
무릎 아래를 절단한 김씨는

열심히 휠체어를 타고
병원 밖으로 나가
담배를 뻐끔뻐끔 피워댄다.

나도 나대로 사는 방식이 있다고
설마 팔까지야 자르겠느냐고
내 식대로 살아도 안 굶고 살아왔다고.

불필요한 놈

중풍을 맞아 불편한 몸을 이끌고 동창회에 나타나더니 나
보고 말한다.
"나는 불필요헌 놈이여……"
나는 친구를 달랬다.
"네가 왜 불필요하겠어? 필요 없는 사람이 어디 있어?"
"아니 내가 불이 필요허다고…… 댐배에 불 좀 붙여줘."

금연운동협의회 회장인 초등학교 동창 앞에서
굳이 담배를 피워보겠다고
부득불 불을 달라고 따라다닌다.

때 묻은 추억

프랑스 퐁비에유에 사는
사니에르 부인은 벽을 도배하지 않는다.

중풍에 걸렸던 남편이
화장실에 갈 때마다
벽을 짚고 다녀서
화장실 가는 벽에는
손때 자국이 묻어 있다.

칠년 전 세상을 떠난 남편이 그리운 날엔
그곳을 만져본다.
벽에 비쳐드는 햇살도 그 시절을 회상한다.

제 3 부

유부도

그곳은 서해의 한 섬 유부도라고 하자

봄이면 알락꼬리마도요와 민물도요가 하늘을 가득 난다고 하자

그 아래에는 꼬마물떼새와 검은머리물떼새가 눈을 깜박거리고 있다고 하자

조그만 섬 귀퉁이에 송림초등학교 유부도 분교가 있었다고 하자

마을 소년과 소녀는 학년이 달랐지만 서로를 좋아했다고 하자

중학교는 모두 군산으로 나갈 수밖에 없었다고 하자

그들이 떠난 유부도에도 가을이 되면 알락꼬리마도요와 민물도요가

저 남양군도로 가기 위해 여기에 들렀다고 하자

이십대가 되었을 때 두 사람은 부평공단이나 석계역 근처에서 만났다고 하자

어느날 유부도 분교가 폐교되었다고 하자

모래만 쌓인 운동장에 괭이밥과 갯메꽃과 개망초꽃만 자

라고 있다고 하자

　이제는 유부도라는 섬도 지도에서 사라졌다고 하자

　모래가 덮이고 파도가 치더니 해일 속에 사라졌다고 하자

　꼬마물떼새도 검은머리물떼새도

　이제 더이상 오지 않는다고 하자

　이 바다 위를 그냥 스쳐 지나간다고 하자

　유부도를 마지막으로 알던 사람들도 모두들 세상을 떠났
다고 하자

아이가 준 선물

국회에서 정치인들 싸우는 것 찍던
사진기자 내 친구는
늦둥이 아들을 사고로 잃고
하염없이 걷다가 새소리를 들었네.

하늘로 떠난 아이가
찾아온 듯하여
가만히 귀 기울였네.

나뭇잎에 가려져 보일 듯 말 듯
사흘 만에 모습을 드러낸 그 새는
노오란 꾀꼬리였네.

그뒤로 내 친구는
새를 찍는 사진가가 되었네.
아이가 준 선물이었네.
두루미와 유리새와 딱새들까지.

겨울, 한탄강

겨울 찬비 내리니,
기러기 날개 젖겠다.

북풍 몰아치니,
고니 날개에도 찬 서리 내리겠다.

두루미, 풀씨 먹다가
잠시 서럽겠다.

새가 떠난 자리

외로워서 숲에 들어와
낙엽 되어 앉아 있을 때

맑은 눈 맞추며
앉아 있던 박새

포르릉
떠나버린 나뭇가지

만져보니
따뜻하다

도요새

강화에서 만난 할머니는 도요새를
갯찌르개라고 부른다.
갯지렁이 먹으면서 개펄을 찌르니까 그랬겠지.

서산 할아버지는 도요새를
쫑찡이라고 부른다.
우는 소리가 쫑찡쫑찡 하니까 그랬겠지.

선유도 이장님은 도요새를
때깽이새라고 부른다.
정신없이 모이 쪼아 먹는 모습이
때깽때깽 보인다는 뜻이겠지.

정발산 박새 말씀이

여보쇼, 고양시청 양반들
벚나무에 새 둥지 만들어준 것이야 고맙지만
입구를 하트 모양으로 만들어서
얼마나 불편한지 아쇼?

당신들은 보기 좋을지 몰라도
그 위에서 잠시 쉬면서 똥이나 갈길까
들어가진 않는다고요.
생각들 좀 하고 사시요잉?

전기톱

꾀꼬리가 느티나무 속에 둥지를 틀었는데
사진사들이 몰려들어
전기톱으로 나뭇가지 잘라내어
둥지가 훤하게 드러났네.

어미 새가 둥지로 올 때마다
연속사진 찍는 소리가 기관총 소리처럼 나네.
어린 새들이 오들오들 떨고
어미 꾀꼬리도 벌레를 물고 와서
둥지로 섣불리 들어가지 못하네.

어미 새가 벌레를 잡아 와
입에 넣어주는 정감 어린 작품 사진이
이곳 운길산에서 탄생하고 있는데
흰꼬리수리는 어린 새들을 노리며 빙빙 하늘을 도네.

새를 잡지 않는 아이들

군산에서 쌀 사 오다가
횡경도에서 배가 고장 나 부부가 죽자
무녀도에 살던 어머니가
아들 내외를 위해 씻김굿을 한다.

비안도 무당은 바다에서
넋을 건져내어
하늘로 올려 보낸다.

방에 밀가루를 곱게 흩어놓고
흰 종이를 덮더니
문을 닫아걸고 한참 굿을 한 뒤
방을 열고 들어간다.

아! 밀가루에 희미하게 새 발자국이 찍혀 있다.

"야들아, 늬들은 앞으로 새는 절대 잡지 마라잉.
엄마 아빠가 새가 되았웅게."

기러기

기러기 열댓마리
거대한 시옷자로
줄지어 나는 모습은
북국(北國)으로 진격하는 듯
위용이 하늘을 뒤덮는다.

기러기 두마리
짝지어 나는 모습은
뭐가 저리 좋으냐고
둘이서 어디를 가느냐고
웃음이 나오는데

혼자 나는 저 기러기
붉은 노을 등에 지고
무슨 사연이 절절하기에
끝도 없이 날아가는지.

새그물

어릴 때 뒤꼍 대밭에 새그물을 쳤지.

며칠 깜박 잊었다가
올라가보았더니
새 다섯마리 그물에 칭칭 감겨 죽어 있었지.

눈비도 맞고
흥건한 땀에도 젖고
흐린 하늘을 보다 눈물에도 젖어
깃털은 온통 젖어 있었지.

죽은 새들 묻어주고
새그물 걷어서 창고에 처넣었지.

그 가느다란 다리로

아부다비 바닷가에서
조가비가 만들어낸 백사장에
아라비아해가 너무 맑아
아라비안나이트의 셰에라자드를 생각했다.

그때 어디선가 맑은 새소리가 들려와
숲속으로 따라가니
아뿔싸, 새 두마리가
사랑을 나누고 있다.

수컷이 위에서 몇번 힘을 쓰는 동안
암컷은 지구를 딛고
한껏 버티고 서 있는데

붉은 핏줄이 보일 듯한
가느다란 다리가
백사장의 풀뿌리처럼
강하고 아름답게 보였다.

덕유산 뻐꾸기

사랑한다고
말할 때만큼은

온 산을 울리며
당당하였던가

비행금지구역

철원 비무장지대에는 주황색 비행금지구역 표시가 크게
보이지요.
남측이든 북측이든 그 선을 넘어서 비행할 수는 없어요.

그러나 두루미들은 가을만 되면
시베리아에서 떼를 지어 넘어옵니다.

나도 돌아오는 봄에는 그들을 따라
마천령산맥과 적유령산맥과 싱안링산맥을 넘어
아무르강으로, 레나강으로 신나게 날아가볼 겁니다.

제 4 부

우표

김구 선생 아들 김신은 어머니 최준례 돌아가시고
아버지는 일경에 수배를 당해서 중국을 떠돌 때
아버지를 편지로만 만날 수 있었다.

어린 신은 아버지가 우표를 붙일 때
침으로 붙였을 것 같아
편지 봉투에서 우표를 떼어
냄새도 맡아보고 혀도 대보았다고 한다.

아버지 체취가 그리운 날.

한가로운 구름 아래

김구 선생이 1948년 8월 15일 붓글씨를 쓰셨다.

한운야학(閒雲野鶴). 한가로운 구름 아래, 들에 사는 학(鶴) 한마리.

'대한민국 30년 8월 15일 임시정부 주석 73세 백범 김구'라고 쓰셨다.

반쪽이나마 대한민국 정부가 수립되니

임시정부 주석을 내려놓고

야인(野人)으로 돌아가는 날이었던 것이다.

그러나 저들은 들에 사는 학(鶴)조차 내버려두지 않았으니.

이상설

연해주 우수리스크 수이푼 강가에
어인 일로 이상설 유허비가 서 있는가
이곳에 고국의 소나무를 심은들 무엇하며
도라지가 핀들 무엇하랴

"동지들은 합세하여 조국광복을 기필코 이룩하라
나는 조국광복을 이루지 못하고 이 세상을 떠나니
어찌 고혼인들 조국에 돌아갈 수 있으랴
내 몸과 유품은 남김없이 불태우고
그 재도 바다에 버리고
제사도 지내지 말라"

선생이 돌아가시던 그날
동지들이 눈물을 뿌리며
이곳에 장작을 쌓아놓고
유해를 화장하고
문고와 유품마저도 불살라 바다에 날렸으니

헤이그에서 만국평화회의에 참석하지 못하고
충격을 받은 이준 열사가 급사하자
외국인 기자들에게
'아이 엠 새드' 말고 다른 말을 할 수 없었던 비통한 선생은
아무르강을 따라 동해를 돌아 고국에 돌아오시라
이 나라에 와서 다시 한번 통곡하시라

발리 도라가자

편안히 잠드소서
다시는 같은 실수를 반복하지 않을 테니

일본 히로시마 평화공원 한국인 원폭 희생자 위령비 앞에
서툰 한글로 쓰인 현수막이 걸려 있다
'발리 도라가자 모드가 기다리고 익다'

우리 모두 돌아가야 한다
고향으로 부모 형제 곁으로
장독대와 뒤뜰과 흰 구름과 들판으로

* 1945년 8월 6일 히로시마 원폭 투하로 희생된 21만명 중 4만여명이
  조선인이었다.

제시의 탄생

우리나라 임시정부가 중국을 유랑하던 시절
양우조, 최선화 부부가 첫 아기를 낳게 되었다.
곧 아기가 태어난다는 말을 듣고
임시정부 어른들이 사주를 보았더니
큰 인물이 된다는 것이었다.

아기가 태어나기만 기다리고 있었는데
딸이 태어났다는 말을 듣고 모두들 탄식했다.

두 부부는
어르신들에게 죄송하다고 사과를 했단다.
1938년 후난성 창사에서의 일이었다.

나라를 찾아올 독립군 대장감을
애타게 기다렸기 때문이었고
여성도 그럴 수 있다는 것을 아직 모르던 시절의 일이었다.

최초의 인간

카뮈는 파리로 가는 국도 7번
빌블르뱅 마을 어귀에서 교통사고로 죽었다.
검은 가방에「최초의 인간」이라는 미완성 원고가 있었다.
자신의 이야기였다.

그 소설은 한살 때 죽은
아버지 무덤을 찾아가는 이야기로 시작한다.

프랑스 생브리외에 있는 무덤에 가보니
묘비에 1885-1914라고 적혀 있다.
카뮈는 자기도 모르게 나이를 계산했다. 스물아홉.
저 묘지에 묻힌 사람은 그의 아버지였지만 마흔살 자신보
다 젊었다.
갑자기 죽은 아버지를 향해 아들이 느끼는 애달픔이 아니라
전쟁통에 억울하게 죽은 젊은이에 대해 다 큰 어른이 느끼는
기막힌 연민의 감정이 솟았다.

어머니가 아버지 무덤을 찾으라고 할 때까지

한번도 찾지 않은 카뮈는 아비 없이 자란 사내.

그제야 자기의 뿌리에 대해 쓰기 시작했다.

* 카뮈의 아버지는 프랑스 식민지 알제리에서 노동자로 살다가 신
  혼 시절 제1차 세계대전에 징집되어 프랑스 마른 지역 전투에서
  사망했다.

평안에 대한 사랑

하이델베르크 대학의 요한 파브리키우스 교수는 1673년 2월 16일 스피노자에게 편지를 썼다. 저명한 하이델베르크 대학의 철학교수직을 제안하는 편지였다. 대우가 매우 좋을 것이라는 설명 뒤에 한 문장이 더 있었다. '대학의 설립자인 팔라틴 선제후는 공적으로 확립된 종교를 어지럽히지 않을 것으로 믿습니다.'

스피노자는 렌즈를 갈던 손을 멈추고 거절하는 답장을 썼다. '공적으로 확립된 종교를 어지럽히는 모든 행동을 피해야 한다면, 제가 가르치고 연구하는 자유가 결국 제한받지 않을까 생각합니다…… 삼가 말씀드립니다만, 저를 움직이는 것은 좀더 나은 지위에 대한 희망이 아니라, 오로지 평안에 대한 사랑입니다.

베네딕투스 데 스피노자

헤이그에서 1673년 3월 30일'

스피노자의 유산

1677년 2월 21일 일요일 아침 스피노자는 여느 때와 같이 집주인 부부와 담소를 나누었다. 암스테르담에서 온 의사이자 친구 로데빅 마이어는 집주인에게 부탁해 닭고기 수프를 끓이게 했다. 오후에 스피노자는 닭고기 수프를 맛있게 먹었다. 평생 독신으로 살아온 스피노자는 폐가 좋지 않았다. 렌즈를 갈 때 날린 유리 가루가 문제가 되었던 것일까? 그날 오후 3시경 세상을 떠났다. 그의 나이 44세였다.

침대, 방석, 이불, 모자 두개, 구두 두켤레, 속옷, 낡은 여행가방, 책상, 의자, 렌즈 연마기와 약간의 렌즈, 작은 초상화, 은 버클 두개, 체스, 은 인장.
스피노자가 남긴 전부였다.

아니, 유산은 더 있었다.
어떤 신념도 가질 수 있고 어떤 종교라도 안 믿을 수 있는 권리를 설파한 스피노자의 저서 몇권.

고흐 형제

"형이 귀를 잘랐다고 해서 얼마나 놀렸는지 몰라.
귀도 아물었고, 형도 좋아 보여 다행이야."
긴장이 풀린 테오는 형의 옆에 가만히 누웠다.

"테오야, 우리가 꼭 준데르트*에 있는 것 같구나."

프랑스 아를에서 그림 그리던 형과
파리에서 그림 팔던 동생이
오랜만에 들어보는 네덜란드 말이었다.

둘은 나란히 누워 흐린 고향 하늘을 생각했다.

* 고흐 형제가 태어나 자란 네덜란드 마을.

손글씨 편지

전에는 편지가 있었다.
친구로부터 아버지로부터
연인으로부터 형으로부터.

우표가 붙어 있었고
손으로 쓴 내 이름이 있었고
가슴 설레며 봉투를 열었고
혼자 읽고 싶어 옷 속에 감추고 산으로 올라가기도 했다.

지금은 아파트관리비 청구서, 수도요금 고지서,
백화점 카탈로그, 신용카드 명세서,
구독 신청한 적 없는 잡지와 신문들.
절반은 뜯지도 않고 쓰레기통으로 들어간다.

나도 손글씨 편지 보낼 곳이 없다.

양떼냐, 늑대냐?

텔레비전을 보는데 양떼가 알프스에서 평화롭게 놀고
있다.
그때 늑대가 나타나서 양떼를 노린다.
양치기와 용맹한 개 열두마리가
으르렁대며 양떼를 호위한다.
나는 늑대를 물리치는 그 개들을 응원한다.

화면은 갑자기 늑대들의 고단한 삶을 보여준다.
매가 새끼 늑대들을 노리고 있고
알프스에는 어미 늑대가 새끼들을 먹일 것이 많지 않다.

늑대들이 마을의 닭들을 죽였다고
마을 사람들이 사냥총을 들고 사냥에 나섰다.
총소리가 난다.
늑대들은 숨을 곳이 없다.

양치기가 인터뷰를 한다.
지난 십년간 천오백마리의 양떼를 몰면서

고작 세마리의 양만 늑대에게 빼앗겼다고.

쳇, 늑대들도 먹고살아야 하는 것 아냐!

민달팽이

집 없는 달팽이
민달팽이

오늘도 집을 찾아
민달팽이

부모도 집이 없고
자식도 집이 없어

대대로 집을 찾아
민달팽이

제 5 부

석양

어느 도시의 석양을 찍은
평범한 사진 작품을 보고
막 지나치려 했는데

제목이
「몰리의 죽음을 들은 날의 석양」이었다.

노을빛도
더 붉어지는 듯했고
전신주와 구름도 울음을 삼키고 있었다.

전원교향곡

베토벤은 전원교향곡의 첫 악장에
시골에 도착한 기분을 표현하면서
알레그로 마 논 트로포라고 써놓았다.
빠르게 그러나 너무 빠르지는 않게.

나도 시골길을 걸으면서
기쁜 마음을 살짝 누르면서…… 걷는다.
그래야 쑥도 보고 냉이도 보고
개울에 흐르는 수초와 개구리알도 본다.

산마르코 광장

베니스의 산마르코 광장에서 우리는 만났던가. 비둘기 떼 지어 푸드덕 날고, 우리는 낯선 이방인. 「산타 루치아」를 부르는 베네치아 청년이 곤돌라를 타고 지나갈 때 눈빛을 아껴가며 서로를 보았던가. 너는 남쪽으로 떠나가고 긴 그림자 위로 회색빛 비둘기 깃털이 날리고 그 위에 나의 더운 눈물 한방울 떨어졌을 때, 너도 나도 뒤를 돌아보진 못했지.

은방울꽃

안개 자욱한
국사봉 산등성이에
보름달이 걸리면

수줍어 몸을 떨던
은방울꽃은
달빛에 애를 가져
가만히 배가 불러온다

2월

날짜가 적으니 고통도 적다고 누가 말했던가.

대학을 졸업하던 해의 2월은 그렇지 않았다.
아무 곳에도 응시하지 않고
유배 가는 심정으로 군에 자원입대했고,

고속버스를 타고 훈련소로 내려가는 길
눈발이 아우성치며 쏟아지는
금강 골짜기 얼음 조각들을 보다가

꽝꽝 얼어붙은 하늘 아래
울음을 삼켰다.

지리산 반달곰

오늘은 운이 나빴다.
토끼를 쫓다 놓치고 동굴로 돌아온 밤.
별빛 받으며 배가 고프다.

인간 세상을 생각한다.
취업 서류를 보내놓고 인사과에서
면접 보러 오라는 전화를 기다리다가
하루를 다 보낸 사람도 있었으리라.

윗사람의 짜증 나는 목소리에
속으로는 재수 없다고 투덜대다가
복도에서 마주치면 공손하게 인사하는
그런 사람도 있었으리라.

곰은 인간들의 고통을 생각하며
배고픔과 추위를 견딘다.

사회성 훈련

예전에도 영어학원 수학학원은 많이 있었고
속셈학원 논술학원도 많았지만

요즘은 사회성도 학원에서
가르친다지

훗날에는 늙는 법 죽는 법도
학원에서 배우겠지

천당 갈 때 가산점 받는 법
새치기해서 남보다 빨리 죽는 법

화엄계곡

지리산 마른 풀과
헐벗은 산등성이
쑥국새는 나를 보고 울었다.

눈 녹은 물에
얼굴을 씻으면서
나는 누구였던가.

구름이 흩어지는
하늘 곁에서
나도 그날 깨끗이
스러지고 말았던가.

밤바다 사진

왜 보냈을까?
캄캄한 밤바다 사진

안 보인다
바다도 바람도 파도도

깊이 들여다보니
바람 소리 파도 소리
그리고…… 숨소리

새 발자국

모래밭에 새 발자국
갈매기였을까?
밀물에 서서히 무너진다

내가 죽으면
잊혀진 약속
아무에게 말 못 한 사연들
가슴에만 남았던 이야기들도
저렇게 사라지겠지

달랑게

비 오는 바닷가에서는
우산이 없어도 좋았다

모래사장에는 비를 맞으며
달랑게들이 집을 짓더니

집집마다 들어가 등불을 켜고
모래 속에 만든 안식처를 찾아줄
귀한 손님을 기다린다

임 오시는 날

임 오시는 날은
정낭*을 닫아건다.

행여 이웃이 찾아올까봐
정낭을 닫아건다.

달빛도 바람도 소리 없이 지나가게
정낭 세개를 닫아건다.

* 정낭은 제주도의 전통적인 문이다. 큰 통나무 세개가 있는데, 세
  개가 다 걸쳐 있으면 아주 멀리 갔으니 오지 말라는 뜻이라고
  한다.

외로움

외로울 틈도 없는 삶이란
얼마나 외로운 것이랴

연구실 창문으로
불빛 찾아 덤벼드는 나방을 보면서

네온사인 불빛과
어두워지는 도시의
박쥐 울음소리를 들으며

별을 기다리며

오늘도 먼지처럼 날아다니는
하루살이 따라
해가 진다.

지구에 올 때 화진포의 청둥오리나
선유도의 산나리꽃으로 태어났더라면
이렇게 무거운 짐은 없었으련만.

내가 어느 별에서 왔는지 이제 기억도 나지 않고,
다시 돌아갈 희망도 없다.

그래,
지구에 내려서 행복했던 순간도 없진 않았지.

해가 다시 떠오르지 않는다 해도
여전히 나는 고통 속에서도
기쁘게 살아갈 것이다.

피부에 와닿는 사랑의 질감

방민호

1

서홍관 시인의 시들은 필자로 하여금 시는 과연 어떻게 써야 하는가? 하는 질문 앞에 한번 더 서게 한다.

작가 김유정이 톨스토이를 존경했다는 사실은 널리 알려져 있다. 김유정은 톨스토이주의자였다. 필자는 이 김유정과 또다른 작가 이상의 관계를 살피다 톨스토이 속으로 들어갈 수 있었다. 그때 살펴본 바에 따르면 톨스토이는 '감염' 또는 '전염' 문학론이라는 문학사상을 가지고 있었다.

작품은 쉽게 써야 하는가? 하는 질문은 어떤 사상을 품은 작가나 시인이 그의 사상을 어떻게 표현할 수 있는가에 대한 물음일 것이다. 이상이라면 세상이 어렵고 복잡하기 때문에 난해하게 쓸 수밖에 없었노라고 변명할 수도 있겠다.

하지만 톨스토이는 그런 난해성을 극력 부인하고자 했다.

어째서 문학은 성경을 대신하지 못하는가? 그에 따르면 이는 문학이 성경만큼 쉽지 않기 때문이다. 이런 문답 앞에서 필자는 다소의 의문을 가졌다. 기독교 신자가 아닌 필자에게 성경은 결코 쉽지 않은 '텍스트'였다. 그러나 이를 통하여 톨스토이의 진실만은 감득할 수 있었다. 우리가 쓰는 작품을 민중이 더 많이 이해할 수 있다면 바로 그만큼 그 작품은 훌륭한 것이라고 말할 수 있다!

서홍관 시인의 시집 앞에서 필자는 이러한 톨스토이 문학론의 새로운 판본을 보는 듯한 인상을 받는다. 다섯개의 부에 나누어 묶인 그의 시들은 전반적으로 쉽고 간명해서 더하고 말고 할 글이 필요 없다시피 하다. 그리하여 필자는 해설 초유의 곤란을 겪게 되는데, 어떻게 하면 이 시들을 되도록 어렵게 풀이할 수 있느냐 하는 게 바로 그것이다.

2

'솜다리꽃'이 한국의 '에델바이스'라는데 시에 따르면 이 꽃은 서양에도 우리나라에도, 그리고 몽골에도 있다고 한다. 몽골 들판에서 솜다리꽃을 발견한 이 시의 화자는 이렇게 말한다.

몽골에 갔다가 솜다리꽃을 보았다.

들판에 숱하게 깔려 있었다.

거기서는 나라꽃도 아니고 기념품도 아니었다.

말들이 짓밟다가 뜯어 먹는 간식거리였다.

그렇게 살아서 안 될 것도 없었다.

—「솜다리꽃」 부분

그 앞에서 이 솜다리꽃, 에델바이스는 오스트리아에서는 나라꽃이라고 했고, 우리나라 설악산에서는 이 꽃을 말려 기념품으로 판다고 했다. 그런데 몽골에 갔더니 그곳에서 이 꽃은 나라꽃도 기념품도 아니요, 들판에 지천으로 널려 "말들이 짓밟다가 뜯어 먹는 간식거리"라는 것이다. 그다음이 무섭다.

"그렇게 살아서 안 될 것도 없었다."

이 마지막 시구절은 너무나 쉬운 문장으로 쓰였지만 아주 복잡한 심경을 함축한다. 누가 그렇게 살아서 안 될 것도 없다는 것이냐? 하면 무엇보다 먼저 그렇게 말하는 화자 자신이 그렇다는 뜻을 담고 있을 것이다. 그러나 또한 이 문장은 시의 원리, 즉 개체적 진실을 '수직상승적'으로 보편화하는 작용에 의해 모든 사람의 삶에 해당하는 것으로 비약한다. 그렇다면, 누구도 그렇게 살아서 안 될 것도 없다?

생각을 좀더 밀고 나가보면 우리가 이 세상에 이렇게 저렇게 태어나서 살아가는 것은 순전한 우연에 의해서다. 전생에 좋은 삶을 위한 공덕을 열심히 잘 쌓아 이생에서 편안히 누리며 살아가는 자는 아무도 없다. 그러나 이 세계에서 누군가는 사람을 부리고 누군가는 남이 시키는 일을 한다.(「하인들」) 누군가는 남의 피를 빨고 누군가는 빨리며 죽어간다.(「나에게 피를 다오」) 누군가는 가난하고 힘없고 누군가는 부와 권능을 누리며 산다. 누군가는 오래 수복을 누리고 누군가는 전쟁터에서 이른 나이에 삶을 마친다.(「최초의 인간」) 누군가는 '양'으로 살고 누군가는 '늑대'로 살아야 한다.(「양떼냐, 늑대냐?」)

누구도 그렇게 살아서 안 될 것도 없다. 그렇게 살지 않아서 안 될 것도 없다. 이 순전한 우연을 어떻게 이해하고 수리(受理), 즉 받아들이느냐에 따라 삶의 빛깔이 달라질 뿐만 아니라 그 과거와 현재와 미래가 달라진다. 여기서부터 시작해야 한다. 이 시집의 마지막 수록작은 이 우연의 섭리를 고통 속에서, 그러나 긍정적으로 수리하고자 하는 화자의 태도를 보여준다.

오늘도 먼지처럼 날아다니는
하루살이 따라
해가 진다.

지구에 올 때 화진포의 청둥오리나
선유도의 산나리꽃으로 태어났더라면
이렇게 무거운 짐은 없었으련만.

내가 어느 별에서 왔는지 이제 기억도 나지 않고,
다시 돌아갈 희망도 없다.

그래,
지구에 내려서 행복했던 순간도 없진 않았지.

해가 다시 떠오르지 않는다 해도
여전히 나는 고통 속에서도
기쁘게 살아갈 것이다.

─「별을 기다리며」 전문

　여기서 화자는 이 지구별을, 인간으로 살아가도록 운명
지어진 자신의 삶을 애써 수긍한다. "하루살이"의 일생처럼
덧없는 하루하루가, 그 많은 저녁이 모여 삶을 이룬다. 이 삶
의 연속 속에서 그는 "무거운 짐"을 짊어진 자신을 인식한
다. 다른 삶의 가능성은 없나? 하면 없다. 여기 이렇게 살기
전에 어느 별에서 왔는지도 알 수 없고 그곳으로 돌아가는

우주선도 없다. 그러니 문제를 여기서 풀어야 한다. '여기가 로도스다. 여기서 뛰어라!'(Hic Rhodus, hic salta!) 지금 여기서 어떻게 살 수 있는지 해결해 보여야 한다.

"해가 다시 떠오르지 않는다 해도/여전히 나는 고통 속에서도/기쁘게 살아갈 것이다" 이것이 이 시의 화자의 멋진 답문이다. 순간 필자는 옛날 작가 이상이 그의 지우 김기림에게 보낸 편지의 일절을 떠올린다. "소설을 쓰겠소. おれ達の幸福を神様にみせびらかしてやる(우리들의 행복을 신에게 과시해 보이는) 그런 해괴망측한 소설을 쓰겠다는 이야기오. 흉계지요? 가만있자! 철학 공부도 좋구려! 退屈で退屈ならない(지루하고 지루한) 그따위 일생도 또한 사(死)보다는 그대로 좀 자미가 있지 않겠소?" 이 편지 문장들을 떠올리는 순간 시인 서홍관은 옛날 작가이자 시인이었던 이상의 역설적 '행복론'에 바싹 근접한다.

그 시절 이상은 얼마나 고통스러웠던가? 그러나 그는 우리들의 행복을 신을 향해 과시해 보이는 소설을 쓰겠노라 했던 것인데, 이제 현재에 있어 서홍관 시인이 바로 그와 같은 '정신 승리법'의 소유자였던 것이다.

3

그렇다면 이 지상세계를 어떻게 살아갈 것이냐? 시인이
생각하는바, "고통" 속에서도 "기쁘게 살아갈" 그의 방법론
은 한마디로 말해 사랑이라고 할 수 있다. 그런데 이 사랑은
이념을 향한 사랑이나 이성(異姓)을 향한 사랑의 형태로는
거의 나타나지 않는다는 점에서 다른 시인들이 꿈꾸는 사랑
과는 사뭇 다르게 보인다. 이렇게 단정해도 이 시집의 특성
을 아직은 제대로 짚어냈다고 할 수 없다. 보다 구체적으로
들어가기 위해서는 그가 사랑을 표명하는 대상들을 유심히
살펴보아야 한다.

이 시집에 나타난 사랑의 가장 큰 특징은 그 '무차별성',
그리고 하나하나 낱낱의 구체성이라 할 것이다. 이 대상들
을 수록 순서대로 열거해보면, 이주노동자 젊은이(「랑탕 계
곡에서 생긴 일」)와 어렸을 때 "늘 기죽어 살던 초등학교 친
구"(「옥수수 식빵」), 일 달러 물건을 파는 캄보디아 소녀들
(「앙코르와트 소녀」), 학교에 가고 싶어 "온갖 허드렛일을 하
는 돌마"(「네팔 소녀 돌마」), 세월호 참사 때 희생당한 고등학
생 동협(「나는 살고 싶은데」), 슬픈 노래를 듣고 자신의 처지를
생각하며 댓글을 남기는 사람들(「슬픈 노래를 듣는 사람들」),
골육종에 걸려 세상을 떠난 친구 상인(「부치지 못한 편지」), 한
센병을 앓은 친구(「이세용」), 늦둥이 아들을 사고로 잃은 사

진기자 친구(「아이가 준 선물」), 독립운동에 매진하다 먼 이역에서 세상을 떠난 애국지사(「이상설」), 태평양전쟁 때 원폭에 희생된 동포들(「발리 도라가자」), 범신론자로 알려진 네덜란드 철학자(「스피노자의 유산」) 등 실로 다양하고도 다채롭다.

그렇다면 이 시적 대상들을 모두 묶을 수 있는 하나의 범주를 찾을 수 있을까? 하면 간단하지도 쉽지도 않다는 것을 알게 된다. 민족적 범주로 끌어안으려 해도 쉽지 않고 민중이나 노동자 같은 계급론적 범주로 묶으려 해도 간단치 않다. 여기에 이 시집의 2부에 수록된 다양한 환자들의 경우들까지 더하면 이 시집의 화자가 바라보고 동정과 연민을 품는 사람들은 어떤 범주화를 통해서 특정되지 않는, 불특정다수의, 하나의 대문자로 쓸 수 있는 "고통"을 겪는 사람들임을 알 수 있다. 그 고통의 빛깔은 저마다 다르고 그만큼 삶의 다양한 무게들을 짊어지고 있지만 이 시집의 화자는 가까운 친구들부터 독립운동을 한 사람들, 민족이 다른 사람들, 사는 처지가 다른 사람들, 환자들을 모두 차별 없이 아끼는 마음을 갖는다.

이런 사랑이 『법화경』「약초유품」에 나타나는, 온갖 풀들을 적셔주는 빗물과 같은 것이라고 말하면 과장일까? 그러나 이 시집의 화자는 (시인의 세속적 신분이 '의사'인 것이 상징이라도 되듯) '중생'을 향한 동정과 연민 속에서 살아간다. 이런 사랑의 '기원'을 보여주는 시가 한편 있다.

어릴 때 뒤꼍 대밭에 새그물을 쳤지.

며칠 깜박 잊었다가
올라가보았더니
새 다섯마리 그물에 칭칭 감겨 죽어 있었지.

눈비도 맞고
흥건한 땀에도 젖고
흐린 하늘을 보다 눈물에도 젖어
깃털은 온통 젖어 있었지.

죽은 새들 묻어주고
새그물 걷어서 창고에 처넣었지.

—「새그물」 전문

　아마도 이 시의 화자는 자신도 모르게 부주의로 말미암아, 그러나 그물을 쳤을 때는 확실히 의지를 가졌던 새의 죽음에 대한 깊은 회한을 가졌을 것이다. 그리고 "죽은 새들 묻어주고/새그물 걷어서 창고에 처넣"은 그날로부터 '해함' 대신 '위함' 쪽으로 확실히 삶의 방향을 돌렸을 것이다. 물론 이 시를 보다 상징적으로 해석해보는 층위에서 말이다.

이 시인에게 '새'는 각별한 의미를 지니고 있는 것처럼 보인다. 「아이가 준 선물」 같은 시에서 볼 수 있듯이 '새'는 확실히 미움 대신 사랑을 의미하는 선명한 2차적 의미를 함께 띠고 나타난다.

그리하여 다음과 같은 시에서 서로 사랑을 나누는 '새'는 시인에게 너무나 "강하고 아름답게" 보인다. 그들은 그렇게 연약한데도 서로 힘껏 사랑함으로써 이 세계의 고통을 견딜 수 있기 때문이다.

아부다비 바닷가에서
조가비가 만들어낸 백사장에
아라비아해가 너무 맑아
아라비안나이트의 셰에라자드를 생각했다.

그때 어디선가 맑은 새소리가 들려와
숲속으로 따라가니
아뿔싸, 새 두마리가
사랑을 나누고 있다.

수컷이 위에서 몇번 힘을 쓰는 동안
암컷은 지구를 딛고
한껏 버티고 서 있는데

붉은 핏줄이 보일 듯한

가느다란 다리가

백사장의 풀뿌리처럼

강하고 아름답게 보였다.

—「그 가느다란 다리로」 전문

필자는 이 시에서 "백사장의 풀뿌리처럼"이라는 새로운 비유에 시선을 잠시 고정시킨다. 사랑 속에서 모든 '풀'들은, "풀뿌리"들은 백사장 같은 모래언덕 위에서도 견뎌낼 수 있다.

필자 또한 세월호 참사 때 희생된 동협 군의 마지막 모습들, 말들을 오랫동안 잊지 못했다. 우리는 차마 견딜 수 없는 일들을 견디며 이 세속 세상을 살아가고 있다. 이 세계를 견디려면 사랑이 필요하다. 이 시집에서 사랑은 암수의, 이성 간의 사랑으로 표면화될 때조차 그 표면에 머물러 있지 않다. 그것은 그러한 사랑으로 비유되는 어떤 깊은 상애(相愛)의 세계를 의미한다. 그래서 다음의 시에 나타난 사랑의 '시간'은 유구한 세월의 흐름 같은 깊이를 머금는다.

임 오시는 날은

정낭을 닫아건다.

행여 이웃이 찾아올까봐
정낭을 닫아건다.

달빛도 바람도 소리 없이 지나가게
정낭 세개를 닫아건다.

—「임 오시는 날」 전문

4

이 시집에는 네덜란드 철학자 바뤼흐 스피노자에 관한 시
두편이 실려 있다. 필자 또한 스피노자에 대한 시를 한편 쓴
적 있기 때문에 어떤 직감으로 시인이 그를 좋아하는지 '알
아볼' 수 있었다고 생각된다. 서로 말하지 않아도 통하는 게
있는 사람들이 세상에는 있다. 그 가운데 한편은 확실히 필
자가 생각하는 스피노자에 관한 것이다.

하이델베르크 대학의 요한 파브리키우스 교수는
1673년 2월 16일 스피노자에게 편지를 썼다. 저명한 하이
델베르크 대학의 철학교수직을 제안하는 편지였다. 대우
가 매우 좋을 것이라는 설명 뒤에 한 문장이 더 있었다.

'대학의 설립자인 팔라틴 선제후는 공적으로 확립된 종교를 어지럽히지 않을 것으로 믿습니다.'

스피노자는 렌즈를 갈던 손을 멈추고 거절하는 답장을 썼다.

'공적으로 확립된 종교를 어지럽히는 모든 행동을 피해야 한다면, 제가 가르치고 연구하는 자유가 결국 제한받지 않을까 생각합니다…… 삼가 말씀드립니다만, 저를 움직이는 것은 좀더 나은 지위에 대한 희망이 아니라, 오로지 평안에 대한 사랑입니다.

베네딕투스 데 스피노자

헤이그에서 1673년 3월 30일'

――「평안에 대한 사랑」 전문

스피노자는 이 시에 나오듯 평생 안경 렌즈를 가는 일을 하며 철학적인 탐구를 이어간 사람이었다. 또다른 시에서 볼 수 있듯이 "렌즈를 갈 때 날린 유리 가루가 문제가 되었던 것일까?" 그는 "폐가 좋지 않았다".(「스피노자의 유산」)

어쨌든 그는 결코 오래 살았다고는 할 수 없었고 탐구 속에서 얻은 철학적 신념 때문에 유대인 사회로부터도, 세속적인 제도 학문 속에서도 스스로를 멀리 떨어져 있게 했다. 필자는 이 시집에서 이 철학자의 삶과 삶의 태도를 엿볼 수 있게 하는 시들을 그냥 지나치지 못한다.

백남기 농민이 경찰의 물대포에 맞아 쓰러져, 두개골 파열과 뇌 경막하출혈로 진단되었고, 316일 동안 서울대 병원의 중환자실 치료를 받고 사망했습니다. 백선하 교수는 신장기능 이상으로 사망했다고 사인을 병사라고 썼지요. 경찰의 살인 행위를 감추려고 했을까요? 나는 경향신문에, 경찰은 시위하는 국민을 살해해도 되는지 의사는 사망진단서를 왜곡해서 써도 되는지 정의로운 의사의 길이 무엇인지를 묻는 칼럼을 썼습니다.

며칠 뒤 사십대 남자 환자가 진료를 받고는, 선생님 신문에 쓰신 글 읽었어요. 그런데요 선생님, 다음에 제가 올 때도 선생님이 여기 계실까요? 박근혜 정부가 국립암센터 의사를 가만두지 않을까 걱정하는 것이었습니다. 나는 그분을 지그시 바라보며 말했습니다. 나도 그렇게 간단하지 않아요. 나도 맷집이 있어요. 다음에도 나를 볼 수 있을 겁니다.

환자들이 나를 걱정해주는 일은 이따금씩 벌어집니다. 운동 열심히 하라는 내 말을 들은 환자가 나에게 선생님도 건강하세요, 말합니다. 나는 네, 저도 만보씩 걸을게요, 대답합니다.

한번은 육십 넘은 여자 환자가 내가 진료하다가 믹스커

피 마시는 것을 보더니 선생님, 그것 건강에 안 좋아요. 마시지 마세요, 합니다. 나는 허를 찔린 기분입니다. 속으로 이것 누가 의사인지 모르겠네 하면서 네 알겠습니다 하고 공손하게 대답합니다. 그다음부터 그 환자분이 지켜볼까 여간 신경이 쓰이는 게 아닙니다.

— 「의사의 업적 6」 전문

이 시에서 아주 재밌고도 흥미로운 부분은 "나도 그렇게 간단하지 않아요. 나도 맷집이 있어요"라는 시구다. 사실 이런 태도로 삶을 유지하려면 그 어느 정부 아래여서가 아니고 어느 때나 소위 말하는 그 "맷집"이 없으면 안 될 것이다.

위에서 언급한 '스피노자' 연작 외에 「하인들」 「나에게 피를 다오」 「장기이식 윤리위원회」 「또다른 독립운동」 「한가로운 구름 아래」 같은 시들에서 필자는 이 '맷집'에 관한, 또는 화낼 수 있음, 그러면서도 의연함 같은 삶의 덕목에 대한 시인의 지속적인 관심을 발견한다. 다음은 그러한 시들 가운데 하나다.

스무살 된 만줄라는 불가촉천민.
인도 라자스탄
우유 공장에서 일했는데

동네 사람들이

신성한 우유를 오염시켰다고

등유를 끼얹고 불을 질러 살해했다.

살인자들은 기소도 당하지 않았다.

─「만줄라」 전문

  억울한 죽음을 당한 가엾은 청년 '만줄라'에게 이 세계는
어떤 의미를 지니는 것일까? 가엾은 풀들에게는 불타는 집
과도 같을 이 세계에는 뭔가 변화가 필요하다. 이 시들에 나
타나는 화자들은 잘못된 것들, 그래서는 안 되는 것들을 향
해서 냉정할 줄 아는 사람, 그럼으로써 자신의 사랑을 지키
고 넓힐 수 있다고 생각하는 사람이다. 그러면서도 그는 한
편으로 어떤 특정한 가치에 침닉되는 것을 경계하고 있으니
「정발산 박새 말씀이」「전기톱」이나 「양떼냐, 늑대냐?」 같은
시들은 하나의 믿음이 빚어내는 아이러니한 상황을 날카롭
게 짚어낸다. 「정발산 박새 말씀이」와 「전기톱」에서 사람들
은 새를 위한다고, 새에게서 아름다움을 발견한다고 하지만
정작 새들은 인간의 간섭에 깊은 위화감을 품는다. "쳇, 늑
대들도 먹고살아야 하는 것 아냐!"(「양떼냐, 늑대냐?」)라는 이
유머러스한 불만은 인간 중심의 시선에 의해 포식자와 피식
자로 갈라진 야생 세계의 진실을 핀셋으로 끄집어낸다. 사

랑을 진정으로 실현한다는 것, 실천한다는 것은 결코 쉽지
않다.

5

이제 필자는 이 시집의 서두로 돌아가 서홍관 시인의 삶
쪽으로 시선을 옮겨보기로 한다. 그는 대학을 졸업하던 해
2월에 군에 자원입대했고 아마도 논산훈련소로 입소했던
것 같다.(「2월」) 그는 또 어느해인가 지리산에 올라 자신의
존재를 향한 깊은 질문에 사로잡히기도 했다.(「화엄계곡」)

그는 한밤에 연구실에 앉아 외로운 심사에 젖어들기도 하
고(「외로움」), 그런 '유폐'로부터 벗어나려 바다, 하늘 건너
이곳저곳으로 여행을 떠나기도 한다.(「랑탕 계곡에서 생긴 일」
「산마르코 광장」 등) 그러나 그의 삶의 '본령'은 이 시집의 2부
에 수록된 시들에 나타난바, 환자들을 돌보는 데 있다. 그는
말하자면 의사 시인인 셈인데, 그래서 이 글의 마지막 국면
은 바로 이 2부를 중심으로 한 것이 되어야 한다.

생의 마지막 고비를 넘기고 계시던 조태일 시인을 만난
이야기 「의사는 참 내앵정하데」는 안쓰럽고도 쓸쓸한 페이
소스를 자아낸다. 어찌 되었든 환자의 용태에 대해 객관적
인 진실을 저버릴 수 없는 의사로서의 직분을 이 시의 화자

는 담담히 수용할 수밖에 없다. '의사의 업적' 연작 여섯편의 시들은 이 직분이라는 것에 관한 깊은 성찰의 산물이라 할 수 있다.

「의사의 업적 1」은 이 시대의 의사가 어떻게 관리되고 있는가를 '리얼'하게 전달한다. 그는 환자와의 관계 속에서만 존재하지 않으며 재무회계팀, 인사관리팀, 교육훈련팀 같은 관리체계에 둘러싸여 있다. 이 기구들은 의사의 '용태'를 '객관적' 수치로 옮겨놓는 기술을 부리지만, 기실 그런 "병원은 바보"나 다름없다. 그들은 "내가 오늘 환자와 나눈 이야기"를 알지 못하기 때문이다.

이로부터 시작되는 여섯편의 이야기들은 다양한 증상에 시달리는 환자들의 속사정을 담고 있다. 이들을 열거해보면, 목에 뭐가 걸린 듯한 느낌에 시달리는 마흔두살의 남자(「의사의 업적 1」), 어렸을 때 헤어진 아들을 늦게 거두면서 그의 물질적 탐욕에 시달리는 일흔네살의 박순자 씨(「의사의 업적 2」), 육년째 사지마비 남편을 돌보면서 격심한 심리적 고통에 시달리는 예순두살의 최정례 씨(「의사의 업적 3」), "마음에 울화가 가득한 화병"을 앓는 쉰다섯살의 곽선영 씨(「의사의 업적 4」), 남편과 함께 작은 공장을 운영하며 새벽까지 일하는데도 계속해서 쌓이는 재고 물량에 시달리는 서른여덟살의 노주희 씨(「의사의 업적 5」), 오히려 자신의 건강을 걱정해주는 환자들과의 만남(「의사의 업적 6」) 등이 그것이다.

이 시의 화자는 국립암센터에서 일하고 있으므로 이 환자들은 아마도 자신들이 겪는 몸의 이상을 암의 전조 현상쯤으로 의심하고 있는지도 모른다. 돈이 많으나 적으나 그들은 모두 삶의 고통에 시달리는데, 이 시들에 나타난 화자는 암 전문의라기보다 차라리 고통 관리사 같은 인상을 선사한다. 그는 업적평가에도 들어가지 않는 환자들의 숨은 이야기를 들어주는데 그것은 바로 그들의 고통을 '듣는' 일이요, 세상에 편만한 고통을 함께 겪는 과정이기도 하다. 의사는 단순히 문진만 하지 않으며 촉진도 할 터인데, 그렇다면 그 시간에 화자는 다양한 사람들의, 서로 다른 사람살이의 갖가지 고통을 직접 어루만지고 있다고도 할 수 있지 않을까? 고통을 겪어야 할 인간의 숙명을 시인은 다음과 같이 노래하기도 한다.

희망약국
희망세탁소
희망빌라
희망교회
희망부동산
희망용달
희망요양원
희망복지원

희망어린이집
희망고시텔
희망설비
희망인력

희망은 흔했지만
희망은 쉽게 오지 않았다

— 「희망 찾기」 전문

고통을 겪는 세상 어디에서나 희망은 흔하게도 피어나지
만 정작 희망의 충족은 쉽게 이루어지지 않는다. 그래서 시
인은 "해가 다시 떠오르지 않는다 해도/여전히 나는 고통
속에서도/기쁘게 살아갈 것"(「별을 기다리며」)이라고, 고통과
기쁨을 선명히 대조해놓았던 것인지도 모른다.

그가 어떤 사람이든 어떤 지위에 있든 그의 삶을 내면에
서 살피고 그가 겪는 고통을 어루만지는 것, 이것이 이 시인
의사의 직분에의 의식이자 그 자신의 문학적 이상일 것이
다. 시집에 담긴 이 작고도 큰 동정과 연민이 필자의 피부에
와닿음은, 시인이 품고 있는 사랑의 진정함 때문이리라.

方珉昊 | 문학평론가·서울대 국문과 교수

지구라는 별에서 살아온 지 60년이 넘었다. 왜 그런지 구석기시대 인간들을 자주 생각한다. 몇만년 전 풀뿌리와 나무 열매를 따 먹고 살던 그들은 지금의 나보다 행복했을까? 그들의 배고픔과 추위, 맹수의 위협 대신에 나는 무엇을 겪고 사는 것일까. 우리 인간이 앞으로 가야 하는 먼 길을 우주 속에서 상상해본다.

십년 만에 엮는 시집 원고를 보내고 밤에 홀로 산길을 걸었다. 차가운 입김 속에 반짝이는 별들을 오랜만에 우러렀다. 칸트는 "생각하면 할수록 놀라움과 경건함을 주는 두가지가 있으니, 머리 위에서 별이 반짝이는 하늘과 나를 항상 지켜주는 마음속의 도덕률"이라고 했다. 그가 죽는 순간 남긴 말은 "좋아!(Es ist gut!)"였다고 한다. 나도 그렇게 말하고 싶다.

"좋아"라고.

2020년 12월

서홍관

서홍관 시집

우산이 없어도 좋았다

초판 1쇄 발행／2020년 12월 18일

지은이／서홍관
펴낸이／강일우
책임편집／박지영
조판／한향림
펴낸곳／(주)창비
등록／1986년 8월 5일 제85호
주소／10881 경기도 파주시 회동길 184
전화／031-955-3333
팩시밀리／영업 031-955-3399 편집 031-955-3400
홈페이지／www.changbi.com
전자우편／lit@changbi.com

ⓒ 서홍관 2020
ISBN 978-89-364-2731-3 03810